천 개 의 바 람

천개의 바람

김유철 시집

시들에게 집을 지어주는 일은 이번이 마지막이면 한다.
나에게서 나올 시는 아직 남은 듯 하지만 시들의 집은
여기까지다.

봄비 오는 날, 새벽녘 눈꽃 피는 날
시들은 이제 그 자리에 스스로 집을 지을 것이다.

모두에게 미안하고 고맙다. 속절없이 사랑한다.

나무 김유철 두손모음

천주교 신앙인의 사유가 잘 녹아 있는 김유철 시인의 울림이 깊다.
맛보기로 그의 시를 옮겨 본다.

"오. 하느님."

「임종게」라는 시의 전문이다.
한 인간에게 죽음의 순간이란 매 순간 순간의 의미까지 함축하고 있다. 천주교인이 또는 한 인간이 언제 어디에서나 스스로 최고의 가치, 최고의 존재라고 알고 믿는 내용에 대해 흔들림 없이 오롯할 수 있다면 그 보다 더한 보람이, 기쁨이 어디에 또 있을까. 참 좋다.

"그대 손길,
당신 품"

「봄길」이라는 제목의 시다.

파릇한 새싹들, 나물 캐는 사람들, 들녘의 농부들, 운동
장의 아이들
어느 것 하나 하느님의 손길, 진리의 손길, 하느님의 품,
진리의 품에서 태어난 신비 아닌 것이 없다.

세상을, 인생을 그렇게 보고 알고 살 수 있다면 얼마나
좋을까.
참 멋지다.

-인드라망 도량 실상사에서 도법

차
례

靜 / 쉿!

中 / 저울의 추

動 / 울림, 떨림,

無 / 흩어지다

靜

쉿!

봄 飛

꽃으로 시작되는 소풍이 얼마나 아름다우랴
적막으로 시작하는 봄은 또 얼마나 아름다우랴
첫 날갯짓으로 창공을 수놓는 것
그래 우리네 소풍은 봄 飛로구나

봄길

그대 손길
당신 품

강물에게

어떤 강물이 있었다 산속에서 시작하여 산골짜기를 지나
고 산자락을 돌아 들녘으로 나왔다 세상의 여기저기를
흘러 다니다가 사막을 만났다 사막너머에는 강물의 종착
지인 바다가 있었지만 어떻게 해야 그 바다에 이를지 강
물은 몰랐다 강물은 생각에 잠겼다

네 자신을 증발시켜 바람에 네 몸을 맡겨라
바람은 사막 저편에서 너를 비로 뿌려 줄거야
그렇게 되면 너는 다시 강물이 되어
바다에 들어갈 수 있겠지

닿을 수 없는
품을 수 없는
만져지지 않는
온전한 강물로서
바다에 들어갈 수 있겠지

엎드려 듣는 빗소리

몇 시나 된 것일까
어둠속에서 들리는 빗소리는 새벽이라고 대답했다
별꽃은 잠들었을텐데
별꽃은 빗소리에 깨어났을까
어둠속에서 들리는 빗소리는 아직이라고 대답했다

제법 많은 비가 온다고 예보를 전한 짧은 치마 입은 아
가씨는 그저 짜인 대본 읽듯이 말했지만 그 비가 조계산
가파른 산길을 어떻게 흘러내릴지 생각은 어둠속을 더듬
거렸다 까치수염 끝에 걸린 투명한 빗방울과 서어나무와
오동나무 수피를 타고 내리는 새벽 푸른 비가 눈앞에 어
른댔다 후박나무 아랫집 스님은 이 비를 어찌 맞고 있을
까

비가 굵어지는지, 내리는 비의 가짓수가 많아졌는지
엎드려 듣는 빗소리는 선명했다
봄비는 가늘어 보이지 않았지만 裸木이 눈에 잡혔다

하얀 수피

얇은 잎

갓 나온 잔가지

엎드려 듣는 빗소리는 너였다

물, 마음을 풀다

손가락을 물에 넣으니 이름이 써집니다
물이 휘돕니다
손가락을 허공에 대니 얼굴이 그려집니다
허공이 가득찹니다
손가락을 바람에 넣으니 목소리가 들립니다
바람이 뜨겁습니다

문신

하루에 하나씩

사라져가는 기억

빈틈마다 새겨 넣기로 했다

나무는 통로다

한 그루의 나무속에

물의 흐름과

빛의 흐름과

바람의 흐름과

그대숨소리의 흐름과

오래도록 한그루씩 한그루씩 나무를 들어 올리며 살아
온 땅기운이 흐른다

나무는 통로다

조계산에 깃들여 사는 스님은 봄부터 가을까지 수굿이
밭을 일군다

해뜰녘에는 감자를 심고
상추와 치커리
열무와 애호박
참깨와 고구마
오이와 시금치
고추와 완두콩
해질녘이 오면 참취와 머위를 밭 서쪽 어깨에 심고

승주 장날 왕복 육십 리 길 도라지를 구해 와
그 꽃에 핀 그 사람 맨 얼굴을 보면서
조계산에 깃들여 사는 스님은 봄부터 가을까지 수굿이
밭을 일군다
허리 펴 하늘 한 번 쳐다보는 일없이 이승이 끝나도록 수
굿이 수굿이 밭을 일군다

六何 너머

누가
언제
어디서
어떻게
무엇을
왜

六何 앞에서 나는 묵비권이다

사랑은 六何 너머에 있다

사람도 분명 六何 너머에 있다

이유

내가 당신을 부르는 이유는 당신이 소중하기 때문입니다

내가 당신에게 손을 흔드는 이유는 당신이 어디서나 보이기 때문입니다

내가 당신을 기다리는 이유는 내가 나무이고 싶기 때문입니다

당신의 먼 발걸음 끝에 만나는 그 나무

소풍

그 날도 소풍이었어
소풍 안에서 또 소풍을 간 날이었지
무얼 먹은 들 대수이겠는가
무얼 본 들 그것도 대수였겠는가
그것이 하루였거나 반나절이었거나
찔레꽃이 흐드러졌거나 개구리가 마구 울었거나
돌사자 마주서듯 함께

체감온도

당신은 따뜻한 사람이라는 말보다
당신이 그곳에 서 있었기 때문에 나의 온 몸이 따뜻했다
고
당신의 품은 마음 덕분에 알맞게 뿌리내렸다고
당신을 바라보느라 목이 적당히 길어졌다고

하여 불어오는 바람 속에 버틸 수 있었다고
하여 해마다 봄맞이꽃을 바라볼 수 있었다고
하여 이번 생이 기쁨만은, 눈물만은 아니었다고

처음

지금부터 하는 일들은 처음해 보는 일이다
꽃을 봐도 꽃잎을 만지거나 향기를 맡는 일
음악이 들려도 볼륨을 높이거나 제목을 적어놓는 일
책이나 영화를 만나도 머릿속에 기억하는 일
그런 일들을 하지 않는 거다

아침 햇살 속에
해질녘 어스름에
저녁 달빛에
막연히 술 취한 어둠속에서도
먼 산이나 먼 바람이나 먼 하늘을 바라보지 않는 거다
그래서 지금부터 하는 일들은 처음 해보는 일이다

팔월 크리스마스가 오든
십이월 크리스마스가 오든
폭설이 내리거나 새벽비가 내리든
그냥 삼백예순날 중 하루가 온 것처럼
사과 두 쪽 먹으면서 아침신문 펼치고
흰 셔츠를 천연덕스럽게 입는 거다

처음해보는 일이라 서툴지만
누구나 초보운전이었다는 말을 주문처럼 중얼거리며
거울을 바라보는 거다

거울 속 나 아닌 낯선 자가 서있을지라도

靜中動

움직여야 산다
움직이지 않아야 산다
그 사이쯤에 길이 있었다

물은 끊임없이 흘렀지만
강은 늘 그 자리에 있었다

오지 않을 것 같던 저녁이 그 강으로 들어선다

새벽에 귀 기울여

흰 꽃들이 피기 시작했다
끝나지 않을 것 같은 겨울의 끝이 점점이 흩어지자
여리디 여린 연둣빛이
뒷동산을 파고들었다

용서하시게

새 봄의 꽃말이며
연두의 풀말이며
물기 오른 나뭇말은 그 한마디 같았다

푸시게

맺힌 일 있으면 새 봄에 풀라고
한 겨울동안 앙다문 일 있으면 이제는 풀라고

여시게

지난 밤 잠 못 이룬 일 있으면 이제는 열라고

여직 응어리진 일 있으면 지금여기서 열라고

새로운 꽃들과 새로운 풀들이
드문드문 선 오랜 나무들과 함께
무던히 바라보고 있다
새 봄에
거저 얻은 새 봄에

섬

자고 일어난 섬은 고요했다 아니 일렁이는 바닷물 소리
로 가득했다 사람은 곁에 있는 것 같기도 하고 없는 것
같기도 했다 사람이 머물던 자리는 덩달아 고요했다 아
니 일렁이는 바닷물 소리로 가득했다 섬 안에 하나뿐인
절에서 종소리가 울렸다 새벽소리여서인지 홀로 있는 스
님이 빈터에서 울린 탓인지 육지에서 듣던 예배당 종소
리와 그 가난함이 닮아 있다 우리는 어디까지 닮아가며
살고 있을까 발 딛는 곳마다 섬 속에 섬 같았다 빈터안
의 빈터 같았다 그곳에 아직 숨소리로 남아 있다 내가

동백과 나

동백은 붉어져 떨어지고

나는 희어져 휘어진다

겨울은 간 것인가

봄이 온 것인가

동백은 떨어져 붉어지고

나는 휘어져 희어진다

오늘 봄비가 내렸다

떨어져서 핀 꽃에게 물어보고 싶은 말

오늘이 지나면
오늘이 지나면
오늘이 지나면

다시 오시나요

그 파도소리를 다시 들을 수 있을까

바람이 일렁거려 바다는 파도를 낳았고
갓 태어난 파도는 낮고 짧은 소리를 내었다
무슨 뜻이었을까
그 파도소리를 다시 들을 수 있을까

검은 파도가 포개고 포개져 거친 바다를 만드는 동안
검은 돌들은 바다의 발끝에서 구르고
검은 절벽들은 바다의 손끝에서 깎이고
검은 섬들은 바다의 품에서 잠들었다

뜨겁고 거친
그 파도소리를 다시 들을 수 있을까

동백, 맹골수도*에 피다

한 송이
한 송이 꽃이 되어
바다 속 동백꽃이 되었습니다

모진 바람에 씻기어도
거센 풍랑이 몰아쳐도
붉은 동백은 피어나듯 임들은 그렇게
바다 속 동백꽃이 되었습니다

떨어져서 피는 꽃이 동백이라 했던가요
통째로 떨어져서 슬픈 꽃이 동백이라 했던가요

한 송이 꽃 속에 온 생명이 담겨 있듯
보고싶다는 외마디 속에
짧았던 인연 온 마음을 담습니다
맹골수도를 동백밭으로 만든 임들
부디,
부디,
안녕

*2014년 4월 16일. 아, 세월호

中

저울의 추

수도승

맑은 정신

정갈한 몸

착한 삶

도법*이 쓰는 시

길에서 꽃을 줍고 도법은 멋쩍게 웃었다

바랑 속으로 갈등과 다툼을

꽃인냥 짚어 넣고는

생명과 평화

화해와 소통

만남과 길을 내어놓았다

길에 강을 내고

그 강물을 모아 바다를 만들고

그 바닷물에 다시 길을 내어서

나무부처, 돌부처, 동물부처, 별부처, 사람부처

삼라만상을 부처로 만드는 도법이 쓰는 시

그의 시는 가난하다

---

*승려 도법道法은 지리산 실상사 회주이며, 조계종 화쟁위원장이다. 2004년부터 생명
평화결사 탁발순례를 5년 동안 하였고 2014년 화쟁코리아 100일 순례를 마쳤다.

백팔 촛불을 켜다

촛불

촛불촛불촛불

촛불촛불촛불촛불촛불촛불촛불촛불촛불촛불

촛불촛불촛불촛불촛불촛불촛불촛불촛불촛불

촛불촛불촛불촛불촛불촛불촛불촛불촛불촛불

촛불촛불촛불촛불촛불촛불촛불촛불촛불촛불

촛불촛불촛불촛불촛불촛불촛불촛불촛불촛불

촛불촛불촛불촛불촛불촛불촛불촛불촛불촛불

촛불촛불촛불촛불촛불촛불촛불촛불촛불촛불

촛불촛불촛불촛불촛불촛불촛불촛불촛불촛불

촛불촛불촛불촛불촛불촛불촛불촛불촛불촛불

촛불촛불촛불촛불촛불촛불촛불촛불촛불촛불

촛불촛불촛불

촛불

구럼비 철조망

바람이 가둬지더냐
물결이 가둬지더냐
하늘이 가둬지더냐

땅에 금 긋듯
네 놈 양심에 철갑 두르듯
구럼비에 철조망 치고
禁!
禁!
禁!
쪼가리 경고문 부치면 끝날 일처럼 보이더냐

찢기고 부서진
구럼비가 다시 뭉칠 것이다
흩어지고 뿌리째 뽑힌
붉은발말똥게와 갯까치수영이 다시 돌아올 것이다
아무리 막고 비틀어도
할망물은 굳굳히 뿜어 나올 것이니

구럼비에 철조망을 쳐라

구럼비에 철조망을 쳐라

구럼비에 철조망을 쳐라

그곳에 갇힌 것은 구럼비가 아니라

사람들이다

그저 흐르게 할 일

아이들 눈망울에서
내가 보일 때
별이 보일 때
꽃이 보일 때
내가 별이고 꽃이 됩니다

바람이 뺨으로 흐르고
강이 귓가로 흐르고
아이들이 어른들 곁으로 흐르면
우리는 바람이고 강이 됩니다

멈추게 할 일이 아니라
흐르게 할 일입니다
꾸미고 예쁘게 할 일이 아니라
그저 있는 그대로 흐르게 할 일입니다

눈물이 싫다고 막을 일이 아니라
부둥켜안고 함께 나눠야 하듯
그저 흐르게 할 일이 우리의 일입니다

그것이 거룩한 일상입니다

햇살은 부활하지 못한다

예수의 족보
아브라함은 이사악을 낳고 이사악은 야곱을 낳았다 그렇
게 십사대가 내려가 다윗을 낳았다 다윗은 우리야의 아
내에게서 솔로몬을 낳았으며 십사대후에는 바빌론으로
유배를 갔다 바빌론 유배 뒤에 여호야킨은 스알티엘을
낳았다 그렇게 십사대가 내려가 요셉과 마리아에게서 예
수가 태어났다 축복이었다

햇살의 족보
태양의 자궁이 핵융합 반응으로 산란한 고에너지 光子인
감마선과 엑스선은 복잡한 내부경로를 통해 흡수와 재
발산을 반복했다 광자들은 오천만년에서 일억칠천만년동
안 미로 속에서 여행길을 찾았다 광자들이 우주로 나가
는 터미널인 태양 표면에 이르면 그제야 햇살이라 불리
는 가시광선이 태어났다 축복이었다

햄버거를 위해 소들이 죽어나간다
햄버거가 되기 위한 소들을 위해 풀들이 잘려나간다
햄버거가 되기 위한 소와 풀들을 위해 숲들이 사라져간

다
햄버거가 되기 위한 소와 풀과 숲을 비추던 햇살이 멀어
져간다

햇살은 까마득히 먼 곳 먼 시간에서 태어나
이슬처럼 방울지어 숲으로 떨어졌다
예수는 부활하지만
햇살은 부활하지 못한다

나는 아직도 그분의 걸어가는 모습이 보고 싶다

바다의 아침은 눈부셨다 고요했다 모래는 파도의 끝을
당겼다가 놓아주었지만 파도는 모래의 끝을 자꾸만 물속
에서 끌어안았다 그 바닷가에서 나는 아직도 사랑하라
고 말하던 그분의 걸어가는 모습이 보고 싶다 무엇을 더
원해서가 아니라 고맙다는 한마디를 전하기 위해

당신은 누구십니까 하고 묻는 너

사람들이 나를 누구라고 하더냐는 나의 물음에 너희는
몇 가지 뜬 말을 나에게 전해주었지 엘리야라고도 하고
예언자라고도 하고 혹 누구는 사람의 아들이라는 오래
된 책속의 말까지 전했지 그래서 내가 숙였던 머리를 들
고 너에게 물어보았던 거야 너는 나를 누구라고 생각하
냐고 말이야 그러자 너 중의 한 명이 나를 하느님의 아
들이며 주님이라고 말했지 그래 그것은 고백이라고 해야
옳을 거야 오래전 내가 동틀 무렵 마음의 불로 삼키고
있던 그 불을 마음 바깥으로 꺼내 놓고 하늘에 물어보았
지 "당신은 누구십니까"라고. 그것은 간절함과 절박함이
었어 그러자 그 분이 그러셨어 "나는 당신은 누구십니까
하고 묻는 너"라고

들꽃은 햇볕을 찾아 자리를 옮기지 않듯이*

그대여
우주가 사라질 때까지
내 사랑을 드립니다
물론 우주가 사라져도
내 사랑은 그대 발밑에 남아 있습니다

들꽃은 햇볕을 찾아 자리를 옮기지 않고
나무는 샘물을 찾아 뿌리를 내리지 않듯
내 사랑도 유불리를 따지지 않고
그대 손길 온기 속에 남아 있습니다

사과나무가 바닷물에 꽃을 피우고
강물이 구름 속에서 넘실거리며
산맥이 한 순간에 무너지는 날이 다가와도
내 사랑은 햇볕을 찾아 자리를 옮기지 않습니다

어즈버 나는 들꽃입니다

*영화 〈신과 인간〉(2010. 자비에 보부아 감독)의 대사

바람이 하는 일

내가 좋아하는 일

내가 싫어하는 일

내가 기뻐하는 일

내가 슬퍼하는 일

내가 희망하는 일

내가 실망하는 일

내가 분발하는 일

내가 좌절하는 일

내가 선택하는 일

내가 회피하는 일

그리고 또

내가 이해하지 못하는 일까지

모두

바람이 하는 일

천개의 바람

그 바람마다
소리가 있기를

그 바람마다
춤이 있기를

그 바람마다
진정, 바람이 있기를

천개의 바람마다

스승나무

세상의 모든 음악은 나무 한 그루에서 나온다
푸른 잎 위를 노니는 노란 햇살이 첫 음을 만들면
흙속을 파고드는 검은 뿌리의 움직임은 높낮이를 만들고
굳은 옹이를 탯줄삼아 다시 몸을 내미는 새싹들은 도돌
이표를
한 방울씩 맺히고 떨어지는 이슬들은 쉼표를 만든다

마른자리 진자리
머물다 떠난 자리
눈물 떨어진 자리
웃음꽃 핀 자리
온기서린 서쪽 가장자리

모든 곳을 채우고 이내 비우는
세상의 모든 음악은
야트막한 언덕 위 나무 한 그루에서 나온다

나무는 구루*를 닮아 그루라 부른다

*Guru. 시크교도들이 스승을 부르는 말.

그림 같은 집

그림 같은 집에 그림 같은 사람이 산다
그림 같은 집에 그림 같은 나무가 산다
그림 같은 집에 그림 같은 바둑이도 산다
사랑이 머무는 집은 모두 그림 같은 집이다

시간을 견디며 시를 쓰는 동안

날이 저물었습니다
그래서 고맙습니다
흙길을 기억합니다
그렇게 시간을 견뎠습니다

파도는 파도를 일으켰다

동해바다 끄트머리쯤 되는 동네에 민박집이 둘 있었다 민. 박. 이라고 깔깔하다 못해 투박하게 써놓은 집은 불이 꺼져 있었고 선주집이라는 횟집 간판에 민박이라고 종이를 붙인 집은 불을 켜 놓았다 불 켜진 집 안으로 털이 누런 개 두 마리가 보였다 하루 잘라 카는데 방 있능교 라고 묻자 밥은 요 라는 말로 방이 있다고 주인은 말을 하는 듯 했다 바람이 많은 날은 아니었지만 바다는 으르렁 거렸다 휴대폰이 제 구실을 못하자 시간을 가늠할 수 없었다 날은 어둡지 않았지만 배가 고팠다 아니 쓰렸다 방을 정하자-방은 둘 중 하나였다-서둘러 술을 시켰다 술 먹지마 하는 목소리가 들렸지만 오늘은 파도소리가 더 높았다 횟집 창밖으로 보이는 바다는 파도를 일으켰다 크고 흰 파도가 파란 바다를 삼켰다 시집 두 권을 가방에서 꺼내다 도로 집어넣었다 시집에 파도가 비춰선지 시집표지는 희고 파래졌다 고프고 쓰린 뱃속으로 들어간 물회는 달았지만 소주는 짜고 비렸다 소주 두병을 비우는 동안 짜고 비린 맛은 여전했다 밤새 바다가 일렁이는지 파도소리가 귓가에 맴돌았다 바다는 파도를 일으켰고 파도는 또 파도를 일으켰다

등

가슴은 말을 하지만 등은 말하지 않는다
아비의 등
어미의 등

바람의 등
물결의 등
시간의 등

아, 그대의 등

등은 미소 짓지 않는다
등은 펴지도 구부리지도 않은 채
등은 무상하다

江

흐르는 것이 江이라면
세월이 江인가
자네도 江인가

뜨거운 물음에 뜨겁게 답했다

너, 사는 동안 뭘 했나

저승은 단도직입적으로 물었다

너, 사는 동안 뭘 했나

저승은 직설적으로 물었다

너, 사는 동안 뭘 했나

저승은 뜨겁게 물었다

나, 편협하게 사랑했습니다

나, 언제나 어디서나 사랑했습니다

나, 한 사람만 사랑했습니다

팔월 뜨거운 날

새들을 천왕봉 하늘에서 바라본 날

뜨거운 물음에 뜨겁게

이승에서 저승 속으로 답했다

아름다운 사람

그대를 두고 하는 말입니다
풀잎 끝에 걸린 투명한 이슬
햇살 스며든 검은 흙
그 향기

그대를 두고 빚어진 말입니다
소낙비 지난 뒤 씻긴 얼굴과 하얀 목덜미
마주한 검은 눈동자
그 낯익음

그대를 두고 부르던 말입니다
처음부터 이제까지
눈물 넘어 미소 띤 깊은 마음
그 아득함 간절함 천 번의 설레임

당신은
있는 그대로
참 아름다운 사람입니다

모순이 아름다운 집

난 붉은 벽돌집을 지을거다 이집트의 피라미드처럼 흙과
짚으로 된 붉은 벽돌집을 지을거다 천장이 높은 일층집
이면 족하다 마당 한가운데는 후박나무와 복숭아나무가
살고 집의 안쪽은 큰 유리로 창을 내어 먼 산과 햇살과
들이치는 굵은 빗줄기를 마루에서 만났으면 좋겠다 등나
무도 몇 그루 마당 한쪽에 자리 잡고 작은 꽃들이 지들
이 알아서 피고 져주면 좋겠다 내가 지으려는 붉은 벽돌
집에는 시간이 머물다, 머물다, 머물다-날이 새고 달이 넘
어가는 소리에도 걸리지 않고 머물다, 머물다, 머물다-그
제야 서쪽 창으로 넘어가는 그런 矛盾이 아름다운 집을
만들고 싶은거다 다음 생에 나는 시인이 아닌 건축가가
될거다 예쁜이라고 부르는 강아지도 함께 살면서

動

울림, 떨림,

누구나 소설 몇 권은 쌓고 산다

두꺼운 소설은 두꺼운 대로
얇은 소설은 얇은 대로
삶의 구비마다 쌓인다

그걸 인연이라고 부르나
아님 운명이라고 부르나

쌓고 쌓여도
끝내
완성되지 않는 소설도 있다

홀로 맞는 가을이 깊습니다

선생님, 그곳의 가을은 어떠한가요 이곳의 가을은 그저
아름답다는 한마디로 충분합니다 봄이 땅에서 올라온다
면 가을은 하늘에서 내려오더군요 세상의 모든 색감을
바람결에 풀어서 물들고 번지고 퍼져가는 것이 가을인가
봅니다 그것이 가을인가 봅니다 선생님, 그런 길에 어깨
동무할 벗 하나 있어 그 길을 걸어가면 먼 길도 가깝고
오르막도 숨차지 않는 것은 당연한 이치겠지만 선생님이
그랬듯이 소풍길은 이내 홀로 가는 길이겠지요 그래서인
지 이미 홀로 맞는 가을이 깊습니다

그리움이 간절한 사람은 먼 곳을 본다

동이 트려는 것일까
물 위에서 밤을 지새운 새들이 비행을 시작하자
산은 스스로 제 윤곽을 지우려 어둑새벽 안개를 피웠고
차고 비릿한 늦가을 안개는 아침빛에 몸을 뎁혔다
새들은 높이 날았고 길동무를 따라 멀리 날아갔다
그리움이 간절한 사람은 먼 곳을 본다

화석이 된 그리움들*

돌들은 안다
그들이 왜 그리 단단한지를
지질시대부터 지금까지
석회암부터 검은 자갈돌까지
안으로 깊숙이 무엇을 담고 있는지
돌들은 안다

몸짓 큰 동물의 발자국이나 은행나뭇잎 때론 물고기가
화석이 되는 것이 아니라
달라지거나 나아가지 않는
그리움이 고스란히 화석이 된다

단단한 돌들이 도처에 있는 까닭은
어디든 돌들이 그토록 많은 이유는

비
꽃
바람
햇빛

들길에 묻은

그대 손길의 그리움이

고스란히 굳어 화석이 되기 때문이다

---

*이외수 〈그리움도 화석이 된다〉(2000. 고려원)에서
제목을 채택함.

슬픔의 뿌리

안으로
깊게
품고서

빨주노초파남보
이파리 살아가는 동안

안 본 듯
안 들은 듯
뿌리는 누워있다

시간

놓아지지 않는 것을 놓으려는 동안
시간은
흐르기도 하고 흐르지 않기도 했다
이내, 사람은
변하기도 하고 불변하기도 했다
세상의 정의와 작별하자
시간은 처음으로 웃었다

언덕에 떠 있는 달

땅이 누럴 수 있는 이유는
흙이 있거나
곡식이 익어가기 때문이 아니라
저녁 달빛이 있기 때문이다

땅이 누럴 수 있는 이유는
황하가 있거나
어미 소가 있기 때문이 아니라
가을비 속에 달빛이 함께 내리기 때문이다

땅이 누럴 수 있는 이유는
깊은 바다가 있거나
높지 않은 뒷동산이 있기 때문이 아니라
언덕에 떠 있는 달이 있기 때문이다

그 누런 달이
흙과 곡식과 황하와 어미 소와 깊은 바다와 낮은 언덕을
꼭 껴안는다

내가 그대를 숨죽여 껴안듯

뒷날 누런 땅이 나를 껴안듯

가을밀물

늪에 앉은 새
절집 지붕에 걸린 하늘
느티나무 가지에 걸린 바람결
가을 들어오는군

시집 몇 권 가슴에 안으면
만년필 잉크향
막 깎은 연필 냄새
가을 들어오는군

먼 강, 해거름
먼 산, 저녁빛
가을, 밀물되어 들어오는군

이 가을에는 쉬엄쉬엄 가시라

한 여름 뙤약볕에 그을린 그대여
소금꽃이 피도록 땀 흘린 그대여
어느 한 순간 마음 내려놓지 못하고 갑갑해 하던 그대여
이 가을에는 쉬엄쉬엄 가시라

구절초 피어나는 계절이 왔으니
아침안개 걸핏 피어나는 계절이 왔으니
타는 저녁놀 붉고 깊게 다가오는 계절이 왔으니
그대여 이 가을에는 쉬엄쉬엄 가시라

비가 오서도 가을비
바람이 불으서도 가을바람
그리움이 파고들어도 가을그리움, 그러니
가을에는 쉬엄쉬엄 가시라

며느리밥풀꽃
별꽃아재비
잠자리난초

자주꽃방망이가 발바닥아래 지천으로 피었으니

가을에는,

이 가을에는 그대여 쉬엄쉬엄 가시라

가을이 나를 품고서

가을은 어디쯤 온 것일까
가을꽃이 비밀의 언덕에서 피는 동안
철길은 말없이 하늘로 올라갔다

저 철길을 걸으면 나도 하늘에 닿는걸까
저 철길을 걸으면 나도 가을꽃이 되는걸까

북천역에서 하동역까지 홀로 걸었다
마음 하나 품고서
사람 하나 품고서
가을이 나를 품고서

배달되지 않은 편지

봄부터 한여름까지 푸른 잎 한가득
펼쳐놓았던 편지가 있었다

사랑한다고
미안하다고
보고싶다고

배달되지 않은 편지가 고개를 푹 떨구고 가을을 맞는다
고개를 푹 떨구고

넘어가다

달력이 넘어가자
나뭇잎이 넘어갔다
바람도 넘어갔다

일렁거리다 못해 바위에 몸을 부딪치는 파도도, 모였다
흩어지는 구름도, 계곡 속살을 헤집는 시냇물도, 기다란
나무며 어른거리는 마삭도, 앞뒤에 솟아 있는 산들도 넘
어갔다

달력은 적막하되 쉼 없이 넘어갔지만
그리움은 내내 넘어가질 못했다

涙

비는 안 오는데

내 눈에 비가 보인다

비는 안 오는데

내 뺨에 비가 흐른다

비는 안 오는데

내 발밑이 홍건하다

비는 안 오는데

별꽃

너

여전히, 너

그대삼아 물어볼 말이 생각났다

분홍개미자리 안에는 분홍개미가 사나요

노루귀는 노루귀를 닮았나요

동강할미꽃을 보려면 동강을 가야하나요

매발톱꽃에 살결이 스치면 아픈가요

붉은 봄꽃들 속에는 가을저녁 어스름이 스며들은 듯했
다

애기똥풀에서는 애기똥 냄새가 나나요

꽃다지는 무슨 말인가요

괭이눈은 무섭게 생겼나요

민들레는 다 어디로 갔나요

노란 봄꽃들 속에는 가을볕이 머문 듯 했다

별꽃은 어느 별에서 왔나요

꿩의 바람꽃은 어느 쪽에서 불어온 바람인가요

섬갯장대을 만나려면 어느 섬을 가야하나요

초롱꽃은 어딜 비추러 피나요

흰 봄꽃들 속에는 가을꽃이 숨어 있는 듯했다

코스모스 두 잎과

찻물 끓는 소리와

오래도록 서 있는 나무그림자를

그대삼아 물어볼 말이 생각났다

천개의 강에 드리운 달

천개의 강에 드리운 달은
천개의 달이 아니라
강물 위를 구르는
꼭 하나의 달

俗離로 가는 길

俗離로 가는 길 온통 붉었다

나무도

산도

저녁하늘도

俗離로 가는 길 온통 품었다

바람도

강도

아침안개도

그대의 얼굴

꽃잎처럼 어여쁜
나무처럼 홀로 선
쇠북처럼 안으로 울리는

그대의 얼굴

사랑하오

연꽃 만나고 가는 바람같이*

아무 일 아니네
아무 일 아니었네
흐르다 멈추다 다시 휘돌아 예까지 온 것일 뿐
연꽃 만나셨는가
그럼 된 것이지 더 뭘
설령 봄맞이꽃을 만났다 쳐도
연꽃이려니 하시게
아니 진정 연꽃이었네

---

*서정주 시인의 시에서 제목을 가저움.

성당 종소리

내 집에서는 성당 종소리가 들린다

땡

땡

땡

땡

땡

땡

땡

그래서 기쁘다

그래서 슬프다

無

흩어지다

연잎 닮은 당신에게

용서하시라

그대 곁에 사는 낮도깨비를

샘

겨울의 초입
햇살 시린 날
그대와 나
얼어붙은 강 언저리에서
서로의 샘이 되어
용서할 일 없이 용서 청했다

뚝,
눈물 한 방울

무의미

북

서   동

남

너 없이.

심포항* 가는 길

어디까지가 육지란 말인가
어디부터가 바다란 말인가
갯벌은 굳어가고
방조제는 다가오고
조개는 입을 벌렸다

저 바닷물은 어디로 가는가
만경강과 동진강이 토해내는
노을의 갯벌은
심포항을 어떻게 찾아오란 말인가

바람이 거셌다
가슴을 헤집고 들어오는 바람은
사람을 밀어냈다
뭍을 땅이라, 물이 모인 곳을 바다라 불렀던
야훼의 사흗날**은
거센 바람이 되어 사람을 밀어냈다

심포항 가는 길

이젠 없다

*전북 김제의 만경 평야가 서해바다로 돌출된 곳에 자리 잡은
작은 어촌. 새만금 매립 후 육지다.

**창세기 1,10

이름 지어 부를 수 없는. 불. 불길.

. . . .

. . . .

. . . .

살며시 왔다가 손끝을 베며 거칠게 지나가는

. . . .

. . . .

. . . .

사람들보다 가까운 우주

우주는 사람들보다 가깝다

우주는 집이다

우주는 그대가 기다리는 집이다

나무는 나무에 기댄다

나무는 바위에 기대지 않는다
나무는 강물에 기대지 않는다
나무는 구름에 기대지 않으며
나무는 달빛에 기대지 않는다

나무는 소리에 기대지 않는다
나무는 눈물에 기대지 않는다
나무는 기쁨에 기대지 않으며
나무는 들뜸에 기대지 않는다

사람이 사람에 기대듯
사자가 사자에 기대듯
바람이 바람에 기대듯
나무는 나무에 기댄다

겨울산

비어있어서
텅 비어 있어서
겨울산은 둥그레졌다

흑백 혹은
기껏 나무색만 남아서
겨울산의 하늘은 도드라지게 파랬다

참나무 잎들은 계곡 샅으로 들어가
겨우살이 터를 마련했고
참나무 열매들은 짐승뱃속으로 들어가
그들의 겨우살이가 되었다
겨울산은 고요한 채 스스로 겨울이 되었다

계곡 물가에 비친 사람 그림자마저
겨울산은 빈 그림자처럼 만들었다
텅 비어 아름다운 산
겨울산은 홀로 선 탑 같았다

겨울 창에 뺨을 대다

하얀 취꽃 지더니
하얀 겨울이 왔다

이 겨울 지나면
어딘가 뭉텅 베어갈 겨울이 거듭 올 것 같다

베어진 아픔보다 잊혀진 설움 가득한
이
겨울이

기적

겨울에도 모두 얼지 않는 일

노루꼬리만큼 낮이 길어지는 일

땅에 떨어진 씨앗 속으로 싹이 숨어있는 일

사람이 사람을 만나는 일

사람이 부처님이 되는 일

하느님이 사람으로 다가오는 일

결국 사랑하는 일

그런 날이 있다

시집이 철학개론처럼 읽혀지는 날이 있다

다리 위에서 바라보는 강물이 세상 끝날처럼 느껴지는
날이 있다

바람결 타는 멀구슬 나무가 사람이 되어 눈에 밟히는 날
이 있다

걸어왔던 길이 가파른 언덕이 되어 멀어지는 날이 있다

주머니 속에서 만져지는 마름이 낯선 손길처럼 느껴지는
날이 있다

처음 같은 날이 있다

마지막 같은 날이 있다

힘든 하루

하루 종일 마음이 일렁였다
찬바람은 참나무 잎을 바스락거리게 하고
물기 없는 나무들의 겨드랑사이를 일없이 비비는데
마음은 왼 종일 밀물 들이닥치듯 일렁였다

숙차라고 이름표 붙어진 보이차 종이봉투를 열었다
향은 나오는 듯 안 나오는 듯 했지만 물은 이내 끓었다
끓는 찻물이 끓는 마음을 가라앉히려 애를 썼다
아니 찻물은 애씀 없이 제 마음만 애를 태웠다

밀물이 썰물로 바뀌는 여기가 울돌목인가
수도 없이 나타나는 얼굴. 이름. 숨결.
짧은 해는 지려하고 겨울 서쪽은 붉음 없이 어두워지려
하는데
밀물과 썰물은 반복했다

다 끓은 찻물이 숙차를 보이차로 만드는 동안
제 마음은 삭풍 지나간 포구나무처럼
적막해졌다

힘든 하루가 갔다

클라라와 프란치스코

우리 다시 만날 수 있을까요?

저 눈이 다 녹고

다시 눈 오고

거듭 녹으면

그런 날이 오면

장인을 묻고 돌아와

장인은 아무 말 없이 땅으로 들어갔다
장인이 땅으로 들어간 것이 아니라
장인의 骨粉을 흰 옹기에 넣어 땅에 묻었다
장인은 잠을 자다 죽음을 만났다
장인은 죽음에게 무슨 말을 했을까
장인은 여든일곱해 만에 생사의 구분이 없는 잠을 만났
다
장인과 어버이날을 앞두고 보리밥을 먹었었다
장인은 보리밥을 다 드셨고 잘 먹었네 라고 했다
장인이 하늘 길에서 드실 밥으로는 부족할 것 같아 눈물
이 났다
장인의 빈 몸을 입관하던 사람은 노잣돈을 받지 않는다
고 자랑했지만
장인의 수의자락에 노잣돈을 넣어드릴 길이 없어 막막했
다
장인은 이박삼일을 누워서 보낸 후 훌훌 떠났다
장인을 묻고 돌아와 나는 쌀밥을 먹었다

歲暮에는 달도 흔들린다

저녁 창가에 서 본 사람은 안다
하루 종일 팔 벌려 하늘 안고 있던 나무들이
그 품 안에 빈 공간을 가득 채운다는 것을
빈 공간속에 나뭇잎이 흔들린다는 것을

새벽 창가에 서 본 사람은 안다
안개는 먼 곳이 아니라 가까이서 피어오르며
개는 짓는 것이 아니라 우는 것이라는 것을
그 울음 속에 빈 들이 흔들린다는 것을

삼백예순다섯날 다보내고
막다른 골목 끝에서 다가온 시간을 바라본다
사람눈빛에 마음이 흔들리듯
歲暮에는 달도 흔들린다

겨울밤을 지새본 사람은 안다
歲暮에는 달도 흔들린다는 것을

길에서

그댈 만나 많이 행복했고 그댈 만나 많이 울었더이다 그
림자 선명해지기까지 달과 해가 번갈아 내 앞을 지나쳤
고 멀고 넓게 강물이 흐를 때까지 숨죽여 내 원함이 없
었더이다 길 가운데에서 그대를 만나 넝쿨을 헤치고 갈
수 있었으며 질퍽이는 늪을 되짚어 돌아섰더이다 오랜
길 다하여 끝냄이 서러우나 이 역시 길 중간임을 애써 머
리 끄덕이더이다 길에서 만난 그대의 온화함 잊지 않으며
사라짐에 사라짐에 나도 이미 그 길의 꽃이더이다

거룩한 죽음

사랑하다사랑하다사랑하다가
사랑하다사랑하다사랑하다가
사랑하다사랑하다사랑하다가

바닷가와
새벽바람과
서있는 나무와
아득한 별빛과
소리 내지 않는 봄비와
가을꽃을

사랑하다사랑하다사랑하다가
사랑하다사랑하다사랑하다가
사랑하다사랑하다사랑하다가

하늘이 나를 부르시면

거친 숨 사이로 "예"라고 대답하게 하소서

힘은 들겠지만 주름진 얼굴로 미소 짓게 하소서

눈꽃 피는 날

바로 그 날 하늘이 나를 부르시면

생이 저물도록 소리 내어 말하지 못한 한마디는 당신이
전해주소서

임종게

오, 하느님

소풍 그 다음 날

그날 새벽에도
그곳에 촛불 켜지겠지요

눈이 내리면 좋겠습니다

고마웠었습니다
미안했었습니다
사랑했었습니다

ㅇㅈㄴㅇㅇㄷㅅㄴㄴㅁㅇ.

〈천개의 바람〉
- 당신은 누구십니까 하고 묻는 너

봄이었다. 참 아름다웠다.

> 꽃으로 시작되는 소풍이 얼마나 아름다우랴
>
> 적막으로 시작하는 봄은 또 얼마나 아름다우랴
>
> 첫 날갯짓으로 창공을 수놓는 것
>
> 그래 우리네 소풍은 봄 飛로구나

- 「봄 飛」 전문

그런데 꿈이었나 보다. 닥쳐올 바람의 일을 아무
것도 몰랐기에 꿀 수 있었던 꿈.

120

뜨거운 너, 돌아오지 않는 너

1.

바람은 무엇으로 자신이 왔다갔음을 전할까.

바람은 어떻게 기억해야 하는 것인가.

그 어떤 것으로 바람이 왔던 순간을 잡아챌 수 있으며 그 어떤 말이 바람을 받아 안을 수 있는 것일까.

사라져버린 내 사랑, 이제 바람만이 알아줄 것인가? 내가 너를 얼마나 사랑했는지.

사랑하는 이를 가장 사랑하는 순간에 잃어버리고 우리는 바람 속에서 울었다. 하도 서러워 울음도 나오지 않았다. 바람은 천 갈래 만 갈래로 찢어져 불었다.

그 바람마다

소리가 있기를

그 바람마다

춤이 있기를

그 바람마다

진정, 바람이 있기를

천개의 바람마다

- 「천개의 바람」 전문

김유철 시인의 세 번째 시집 〈천개의 바람〉 속에
는 우리가 차마 받아들여야 했던 그러나 기어이
보내지 못한 지난 봄과 여름 그리고 가을이 들어
있다. "엎드려 듣는 빗소리는 너였다"는 바닥 밑에
서의 깨달음마저도 사치 같았던 시간들이었다. 오
지 않는 너를 기다리며 묻고 또 묻고 싶었던 한
마디.

오늘이 지나면

오늘이 지나면

오늘이 지나면

다시 오시나요

- 「떨어져서 핀 꽃에게 물어보고 싶은 말」 전문

2.

철학자들은 말한다. 인간이 가장 두려워하는 공
포는 나의 죽음이 아니다. 너의 죽음이다. 사랑하
는 너의 죽음을 살아생전 보지 않기 위하여 우리
는 기도한다. 그러나 사랑하는 너보다 오래 살아
남아 너를 고이 떠나보내 줄 수 있어야 사랑이다.
그것이야말로 사랑이다. 사랑의 잔혹한 맨얼굴이
다. 맹골수도에서 우리가 맞이한 참혹한 사랑의
현재現在다.

동백은 붉어져 떨어지고

나는 희어져 휘어진다

123

겨울은 간 것인가

봄이 온 것인가

동백은 떨어져 붉어지고

나는 휘어져 희어진다

오늘 봄비가 내렸다

- 「동백과 나」 전문

이토록 온 산하에 울리는 너의 부재不在. 하늘과 땅
과 바람이 우리에게 묻고 또 물었다. "네 아이는
어디 있느냐?"

처음엔 입술이 붙어버려서 대답을 할 수 없었다.
나중엔 목소리를 잃어버려서 할 수 없었다. 굳어
들어가는 몸으로 손짓으로 바다를 가리켰다.
-저 바다에 있습니다. 아닙니다. 처음엔 바다에 있
었는데⋯ 이젠 모르겠습니다. 아이들이 어디로 간

것인지 모릅니다. 누가 언제 어떻게 왜 아이들을
데려간 것인지 모르겠습니다. 가르쳐 주십시오.
제발 가르쳐 주십시오. 가르쳐 주셔야 고이 묻어
라도 주지 않겠습니까.

만일, 만일, 만일 어떤 사람이 동시에 어느 한 곳
과 다른 한 곳에 있을 수 있었다면, 그때 어느 누
가 팽목항으로 달려가기를 마다했으랴. 아이들의
손이 아직 그 바다에 부표浮漂로나마 떠 있었을 그
천금 같은 시간 동안 어찌 그 바다로 뛰어들지 않
았으랴!

　　　어떤 강물이 있었다 산속에서 시작하여 산골짜
　　　기를 지나고 산자락을 돌아 들녘으로 나왔다 세
　　　상의 여기저기를 흘러 다니다가 사막을 만났다
　　　사막너머에는 강물의 종착지인 바다가 있었지만
　　　어떻게 해야 그 바다에 이를지 강물은 몰랐다 강
　　　물은 생각에 잠겼다

　　　네 자신을 증발시켜 바람에 네 몸을 맡겨라
　　　바람은 사막 저편에서 너를 비로 뿌려 줄 거야

그렇게 되면 너는 다시 강물이 되어

바다에 들어갈 수 있겠지

닿을 수 없는

품을 수 없는

만져지지 않는

온전한 강물로서

바다에 들어갈 수 있겠지

- 「강물에게」 전문

우리는 오직 한 순간에 한 자리 밖에 있을 수 없
는 '몸'에 갇혔고, 6하 원칙에 갇혔다. 우리는 그 바
다 앞에서 망부석이 되어가면서야 비로소 자신이
얼마나 무력한지를 깨달았다. 6하 원칙은 우리를
희롱하고 조롱하며, 동시에 여기에도 저기에도 존
재할 수 있는 '높은 분'들을 위해서만 꿰어 맞춰졌
다. 시간도 공간도 우리 편이 아니었다. 한번 사라
진 아이들은 돌아오지 않았다. 사라진 시간과 공
간은 그대로 닫혀갔고, 지극히 사랑한 죄로 이 견
딜 수 없는 고통만이 '나'의 몫이었다. 숨은 끊어

질 듯 끊어지지 않았다. 고통은 잠시도 떠나주지 않는 것이었고 너를 앗긴 나는 산송장이었다. 아니다. 송장에게는 통증이 없는 궁극의 고요라도 주어질지니 나는 이제 감히 송장이기를 간절히 청해야 하는 것인가.

누가
언제
어디서
어떻게
무엇을
왜

六何 앞에서 나는 묵비권이다

사랑은 六何 너머에 있다

사람도 분명 六何 너머에 있다

-「六何 너머」 전문

아이들이 돌아오지 않을 그 명백한 '세대의 공백'을 감히 감당할 자 누구인가. 저주 받은 두 눈은 그 수평선에 못 박혔다. 떨어지지 않을 발길은 그대로 뿌리를 내렸다. 할 수 있었던 말은 '만약에'뿐이었다. 만약에 내가 너를 잃지 않을 수 있었던, 너를 구할 수 있었던, 너를 끝내 붙들 수 있었던 어떤 순간이란 존재하긴 했던 것일까. 그랬을까.

3.

시간은 흐르지 않았고 칼이 되어 비수가 되어 돌아왔다. "배달되지 않은 편지"만이 쌓여갔다. 세월은 이대로 영영 흐르지 않을 것이었다.

봄부터 한여름까지 푸른 잎 한가득
펼쳐놓았던 편지가 있었다

사랑한다고
미안하다고

보고싶다고

배달되지 않은 편지가 고개를 푹 떨구고 가을을
맞는다
고개를 푹 떨구고

- 「배달되지 않은 편지」 전문

그런 너는 이제 없다. 누가 데려갔는가? 나의 너
를, 뜨거운 너를.
김유철 시인은 시 속에서 소풍을 간다. 아이들이
마지막 소풍을 가던 날처럼, 그 다음날 아침의 일
을 몰랐던 그 때처럼, 아직은 함께였다는 꿈이나
마 붙들고 늘어진다.

그 날도 소풍이었어
소풍 안에서 또 소풍을 간 날이었지
무얼 먹은들 대수이겠는가
무얼 본들 그것도 대수였겠는가
그것이 하루였거나 반나절이었거나

찔레꽃이 흐드러졌거나 개구리가 마구 울었거나

돌사자 마주서듯 함께

　- 「소풍」 전문

그러다 부활절이 온다. 환장하게 아름다운 이 천
지에 없는 것은 너뿐이다.

햇살은 까마득히 먼 곳 먼 시간에서 태어나

이슬처럼 방울지어 숲으로 떨어졌다

예수는 부활하지만

햇살은 부활하지 못한다

　- 「햇살은 부활하지 못한다」 중에서

시인은 결심한다. 이 生 다하도록 뜨겁게 들려주
고 싶던 사랑의 말들은 이제 갈 데가 없다.
"모두 바람이 하는 일이다"라는 깨달음에 이르도
록 울고 또 울며 마음을 무디게 하는 일만을 생각

한다. 그래야 그나마 "오지 않을 것 같던 저녁이 그 강으로 들어선다"(「靜中動」). 하루는 다만 그렇게 오고 간다. 시를 쓰는 일은 시간을 견디기 위해서이고, "짜고 비린 맛"(「파도는 파도를 일으켰다」) 만이 그나마 우리가 살아있음을 느끼게 하는 맛이었다. 그 맛은 눈물의 맛 그리고 태초의 바다 맛이다. 우리가 살아서 견뎌야 하는 맛이다. 쓰다. 너무 쓰다.

날이 저물었습니다
그래서 고맙습니다
흙길을 기억합니다
그렇게 시간을 견뎠습니다

- 「시간을 견디며 시를 쓰는 동안」 전문

'착하게'는 이제 할 수 없는 말이다. "이번 생이 기쁨만은, 눈물만은 아니었다고"(「체감온도」) 말할 수 있기까지도 반평생이 걸렸는데… 이마저도 빈말이 되려는 것인가.
"무의미"와 싸우며 시인은 "기적"을 꿈꾸기도 하고

"노루꼬리만큼 자라나"는 날도 있었다. 그러다 수시로 무릎이 꺾인다. 바란 만큼 혹독하게 아파야 한다. 쓰러진 것인지 엎드려 기도하는 것인지 모를 결박당한 날들이 하염없이 고여 있었다. 좀처럼 흐르지도 않았다. 무감각해지기를 새로 배워 익혀야 할 날들만이 남겨진 자의 숙제인가.

지금부터 하는 일들은 처음해 보는 일이다
꽃을 봐도 꽃잎을 만지거나 향기를 맡는 일
음악이 들려도 볼륨을 높이거나 제목을 적어놓는 일
책이나 영화를 만나도 머릿속에 기억하는 일
그런 일들을 하지 않는 거다

아침 햇살 속에
해질녘 어스름에
저녁 달빛에
막연히 술 취한 어둠속에서도
먼 산이나 먼 바람이나 먼 하늘을 바라보지 않는 거다

4.

시인은 그만 자신을 늙히우고 싶어한다.
사시사철의 흐름에 자신을 내맡기고 살아온, 계절
의 변화에 황홀해하던 날들은 영영 가버렸다. 더
이상 시들에게 집을 지어주는 일은 살아생전 하
지 않겠다는 시인의 말은, 이번 시집이 마치 풍장
風葬에라도 들어가기 직전의 어떤 각오임을 보여준
다.

사랑은 마감 당했다. 남겨진 자가 할 일은 어쩌면
더 긴 기다림을 준비하는 것, 네가 오지 않을 나
의 장례를 스스로 준비하는 일. 그 준비로 남은
생을 견뎌보려는 필사의 각오다. "장인을 묻고 돌
아와" 가눌 수 없는 마음이었을 때도, 바람이 불어
도 비가 내려도, "그대를 만나 행복"했다고, "연잎
닮은 당신에게" 나직이 고백하면서 휘적휘적 준비
한다. "하늘이 나를 부르시면" 할 말을 준비한다.

'나'는 알고 보니 아무것도 아니었다. 바다의 것이었다. 바람의 것이었다. 아니 시간의 것이었다. 건질 수도 없는 무無의 것이었다. 형체를 가졌다고 믿었던 죄로, 천 갈래의 가슴 찢어짐을 받아 안아야 했다. 한때나마 형체를 가졌었던 그래서 움직임과 머묾의 순간들을 지나왔던 자가 감당해야 할 업보였다. 십자가였다. 형상 속에서 만났던 존재들과 생살 뜯는 이별을 당했는데도 나의 피만 흥건하고 너의 흔적은 온데간데없다. 이 슬픔을 기도로 바꾸려는 몸부림이 시인의 마지막 기도는 아닐까. 그럼에도 보고 싶다. 네가 너무 보고 싶다. 갈수록 더 보고 싶다.

천 년도 찰나, 찰나도 천 년, 천 개의 바람은 곧 하나의 바람이다.
바람이 분다. 그날처럼.
하여 우리는 언젠가는 만나게 될 것이다. 이 그리움이 바람이 되어. 다시 소생하는 봄이 되어. 봄飛가 되어.

글/ 김원(문화평론가)

초판 1쇄 발행 2015년 1월 25일
초판 2쇄 발행 2015년 2월 13일

지은이   김유철
펴낸이   구주모

편집책임   김주완
표지·편집   서정인

펴낸곳   도서출판 피플파워
주소   (우)630-811 경상남도 창원시 마산회원구 삼호로38(양덕동)
전화   (055)250-0190
홈페이지   www.idomin.com
블로그   peoplesbooks.tistory.com
페이스북   www.facebook.com/pepobooks

ISBN   979-11-950969-1-6

이 도서의 국립중앙도서관 출판예정도서목록(CIP)은 서지정보유통지원시스템 홈페이지
(http://seoji.nl.go.kr)와 국가자료공동목록시스템(http://www.nl.go.kr/kolisnet)에서
이용하실 수 있습니다. (CIP제어번호 : CIP2015001209)